Vive le  *!*

Lisa Ray Turr ... ay

Adaptation française de
Curtis Briggs et Alison DeHart

Rédaction de
Marie-Cécile "Missy" Fleurant-Freeman
et Susan Gross

Deuxième niveau - Livre D
la quatrième nouvelle dans une série de quatre
pour lycéens de deuxième ou troisième année

Blaine Ray Workshops
3820 Amur Maple Drive
Bakersfield, CA 93311
Phone: (888) 373-1920
Fax: (661) 665-8071
E-mail: BlaineRay@aol.com
www.BlainerayTPRS.com

et

Command Performance Language Institute
1755 Hopkins Street
Berkeley, CA 94707-2714
U.S.A.
Phone/Fax: 510-524-1191
E-mail: consee@aol.com
www.cpli.net

Vive le taureau!
is published by:

| **Blaine Ray Workshops**, which features TPR Storytelling products and related materials. | & | *Command Performance Language Institute*, which features Total Physical Response products and other fine products related to language acquisition and teaching. |

To obtain copies of **Vive le taureau!**, contact one of the distributors listed on the final page or Blaine Ray Workshops, whose contact information is on the title page.

Cover art by Katherine Wyle.

First edition published August, 2002
Second printing May, 2003
Third printing July, 2004
Fourth printing, June, 2005

Printed in the U.S.A. on acid-free paper with soy-based ink.

ISBN 0-929724-60-7

Chapitre un

Anne était à l'aéroport. Elle regardait autour d'elle. Elle ne parvenait pas à croire qu'elle était en France. Elle était dans le pays de l'amour, de la cuisine, de Monet et de Ernest Hemingway. Elle était toute contente d'être en France. Elle allait habiter à Arles pendant six mois. Tout allait bien.

Anne avait atterri à l'aéroport de Toulouse. Il y avait beaucoup de monde, comme à l'aéroport de Los Angeles. Il y avait du monde partout, des gens de différentes origines. Anne a remarqué des Américains qui étaient dans l'avion avec elle. Ils ne semblaient pas savoir où aller. Ils avaient l'air de touristes. Anne se sentait impatiente. Elle regardait sa montre et regardait tout autour d'elle. Elle a remarqué le bureau de change. Elle avait besoin d'argent français. Sur les murs, il y avait de grandes photos panoramiques de Toulouse, une grande ville dynamique célèbre pour son aéronautique, son spatial, son électronique, son informatique et ses biotechnologies. Mais où était donc sa nouvelle famille ? La famille Dupont devait venir la chercher à l'aéroport. Anne était fatiguée. Elle avait faim.

Anne a cherché les Dupont, mais elle ne les a pas vus. Elle ne les connaissait pas. Elle n'avait même jamais vu de photos d'eux. Anne savait qu'il y avait un père et une mère dans la famille, ainsi que trois enfants. Les enfants s'appelaient Sophie, Marie-France et Pierre. Sophie avait dix-sept ans, comme Anne. Marie-France avait quatorze ans et Pierre avait huit ans. C'était une famille typique d'Arles, tout comme la famille d'Anne en Californie était une famille typique. Ils n'étaient ni riches ni pauvres. Ils n'étaient pas célèbres. Le père était fonctionnaire et la mère était femme au foyer. Elle restait à la maison pour élever ses enfants. Sophie allait au lycée et Pierre et Marie-France allaient dans un collège, une école pour les élèves plus jeunes. Tout à coup, Anne a vu un homme et une femme avec deu filles et un garçon. Etait-ce la famille Dupont ? Une des filles tenait une pancarte sur laquelle on pouvait lire les mots: ANNE SILVA. Anne est allée vers la fille et lui a demandé:

« Etes-vous la famille Dupont ? »

La fille a souri et lui a répondu avec l'accent du Midi:

« Oui. Tu dois être la fille des Etats-Unis.

— Oui, je suis des Etats-Unis.

— Je suis Sophie », a dit la fille en souriant.

Elle était très jolie. Elle avait de longs cheveux bruns et les yeux marron aussi.

« Voici mes parents, Michel et Rose Dupont. »

Ils se sont serré la main et ils lui ont dit:

« Bienvenue en France, le pays de l'amour, du sport et de la cuisine.

— Nous sommes contents de t'avoir avec nous, a dit Madame Dupont. Nous savons que tu vas te plaire ici. C'est une très jolie région. »

L'autre fille a souri et a dit:

« Je suis Marie-France. »

Marie-France était plus jeune que Sophie, mais les deux filles se ressemblaient. Elles avaient toutes les deux de longs cheveux bruns et les yeux marron.

Le garçon était content. Il a sauté sur place et lui a demandé si elle venait des Etats-Unis. Le garçon était très amusant. Il avait les yeux marron et les cheveux bruns aussi. Il portait un blue jean et une chemise rouge.

« Oui. Je suis Anne. Je viens des Etats-Unis.

— Tu es très belle, a dit le garçon.

— Tu es gentil, a dit Anne.

— Je m'appelle Pierre.

— C'est mon petit frère. Tu sais que les petits frères sont tous bêtes. »

Anne a souri. Elle savait comment étaient les petits frères. Elle avait un petit frère en Californie, elle aussi, mais il n'était pas si jeune que Pierre.

« Allons chercher tes valises, et puis rentrons à la maison, a dit Monsieur Dupont. Es-tu fatiguée ?

— Oui. Très fatiguée. Le vol a été long.

— Il a pris combien d'heures ? a-t-il demandé.

— Onze heures, a-t-elle répondu.

— C'est beaucoup, a dit Pierre. La Californie est loin de la France, elle est très loin. »

Jusqu'ici la Californie ne lui manquait pas. Anne pensait que la Californie allait lui manquer beaucoup. C'était la deuxième fois qu'elle était loin de chez elle. La première fois, elle était allée au Québec. Anne aimait voyager. Elle aimait découvrir de nouveaux pays. Elle était contente d'être en France bien qu'elle ne sache pas bien parler français.

« Rentrons à la maison, a dit Madame Dupont. Tu dois avoir faim. C'est l'heure de dîner.

— Dîner ? » a demandé Anne. Il était huit heures du soir. Elle a pensé:

« On dîne assez tard en France. »

A la sortie de l'aéroport de Toulouse, ils ont pris l'autoroute et ensuite une petite route secondaire. Anne a admiré le paysage splendide et sauvage. Maintenant, elle re-

gardait les petites rues d'Arles. Elle remar-
quait que la plupart des voitures étaient
plus petites que celles des Etats-Unis.

Arles était une ville ancienne. Fondée
par Jules César, elle avait été une capitale
romaine. Il y avait beaucoup de monuments
romains, de vieilles églises datant du Mo-
yen-Age et beaucoup d'autres édifices anciens. Ils sont passés devant des amphithé-
âtres romains. Ils sont passés devant des
palais anciens avec des jardins élégants qui
avaient de belles fleurs roses et blanches. Ils
sont passés sur des places avec des statues
et de belles fontaines. Ils sont passés devant
de petits magasins. Il y avait du monde
dans les rues et à la terrasse des cafés.

« Les Français adorent s'asseoir à la
terrasse des cafés. C'est souvent là qu'ils
rencontrent leurs amis. Ils aiment regarder les gens qui passent ou bien ils lisent le
journal », lui a dit Madame Dupont.

« Ah oui ? C'est bien », a répondu Anne.

Ils ont traversé un grand fleuve.

« Ce fleuve s'appelle le Rhône, a dit Madame Dupont. C'est un des plus grands

fleuves de France. Il forme un delta où se trouve la Camargue, avant de se jeter dans la Mer Méditerranée. » Après, ils sont passés devant la plus vieille église qu'Anne ait jamais vue.

« C'est l'église Saint Trophime. Elle a été construite au dixième siècle, a dit Monsieur Dupont. Elle est très célèbre. Et tu as aussi entendu parler deVincent Van Gogh ? Eh bien, Van Gogh a vécu à Arles pendant un an. C'est ici qu'il a peint la célèbre 'Nuit Etoilée'. C'est aussi ici qu'il s'est coupé l'oreille.

— C'est très impressionant », a dit Anne.

Anne avait vu des photos de l'église, mais de près, elle semblait bien plus grande et plus impressionante. Après, ils sont passés devant un grand édifice rond. Il était de couleur blanche et or. Il était beau. On aurait dit un stade de foot.

« Ce n'est pas un stade de foot, si ? » a demandé Anne.

Anne ne pensait pas qu'on jouait au football américain en France. Le football américain est très en vogue aux Etats-Unis. Presque toutes les grandes villes des Etats-Unis ont une équipe de football américain. Mais ici, on ne sait pas très bien ce que c'est. Ici, on joue au football, mais on tape dans le ballon avec le pied. C'est ce qu'on appelle 'soccer' en Amérique. Le football qu'on joue en France est le sport le plus joué du monde. C'est le sport le plus populaire de l'Europe. C'est aussi le sport favori des Français.

Madame Dupont a souri:

« Non, ce n'est pas un stade de football.

— Ah bon ! Qu'est-ce que c'est alors ? a demandé Anne.

— C'est une arène pour les courses de taureaux.

— Une arène pour les courses de taureaux ? » s'est étonnée Anne, car elle pensait que c'était un endroit où les vaches et les taureaux vivaient.

« C'est là où se passent les corridas. Notre ville est très célèbre pour ses corridas. L'arène est célèbre aussi. La corrida est très connue et appréciée dans le Midi. Nous adorons les corridas. »

Anne s'est sentie un peu malade. Elle trouvait cela terrible qu'on se batte contre un taureau. Elle n'aimait pas l'idée de tuer un taureau comme sport. Elle aimait les animaux. Elle était même végétarienne. Elle ne mangeai pas de viande. Anne avait un chat et deux chiens chez elle. Elle aimait souvent mieux ses animaux domestiques que ses frères.

« L'arène est un très vieil edifice. On l'a construite au premier siècle, a continué Madame Dupont.

— C'est très vieux, en effet », a dit Anne sans émotion. La pensée de tuer les taureaux la rendait triste. Anne n'aimait pas le football américain, mais c'était beaucoup mieux que de tuer un animal pour le plaisir.

« As-tu déjà assisté à une corrida ? a demandé Sophie.

— Non. Nous n'en avons pas aux Etats-Unis. »

Anne voulait leur dire qu'elle ne voudrait jamais assister à une corrida, mais
elle n'a rien dit parce qu'elle ne voulait blesser personne.

« Les corridas sont très passionnantes.
Les matadors sont super bien.

— Ils sont phénoménaux. Je veux être
matador quand je serai grand. »

Madame Dupont a ri et elle a dit:

« La semaine dernière, Pierre voulait
être acteur, maintenant il veut être matador. C'est comme ça les enfants.

— J'adore les matadors. Ils sont plus
beaux que Garou, le célèbre chanteur cana-
dien. Sophie voudrait embrasser Garou, a
dit Pierre.

— Les petits frères sont si bêtes », a dit
Sophie.

Quelques minutes plus tard, ils sont arrivés à la maison.

« Nous voilà ! » a crié Marie-France.

Anne a regardé la maison de sa nouvelle
famille. C'était une maison blanche avec
des volets vert foncé. Elle n'était ni grande
ni petite. Il y avait des fleurs violettes devant

la maison. Il y avait aussi beaucoup d'arbres. Anne et sa famille sont entrées dans la maison. Quelques instants plus tard, Monsieur Dupont est entré dans la maison avec les valises d'Anne.

« Dis donc, elles sont rudement lourdes tes valises, surtout pour une fille », s'est écrié Monsieur Dupont.

Anne a ri parce qu'elle avait eu assez de difficultés à les porter toute seule.

Monsieur Dupont a emmené les valises dans la chambre d'Anne. C'était une petite chambre aux murs bleu clair. Un couvre-lit bleu recouvrait le lit. Il y avait un bouquet de fleurs qui sentaient bon dans un joli vase de cristal sur une petite table à côté du lit, et au dessus du lit se trouvait un crucifix. A l'autre mur, il y avait un tableau d'un bateau. Un fauteuil confortable semblait attendre Anne qui était très fatiguée.

« Fais comme chez toi. Tu as ta propre chambre.

— Tu as ta propre chambre et moi, j'ai ma propre chambre aussi. Viens la voir ! a dit Pierre.

— Oui. Viens voir la maison », a dit Madame Dupont.

Anne est allée voir la maison avec eux. C'était une belle maison aux couleurs claires. Il y avait des meubles modernes et des tableaux magnifiques dans la salle à manger ainsi que dans la salle de séjour. Anne a vu un piano aussi. C'était évident que, comme beaucoup de familles françaises, la famille Dupont aimait les arts.

Derrière la maison, on pouvait voir un jardin. Le jardin était beau. Le jardin avait beaucoup de fleurs de couleurs différentes.

« C'est très beau ici, a dit Anne. C'est comme chez nous, les jardins sont derrière les maisons aussi, mais nous avons plus de gazon. Il y a tellement de fleurs ici et elles sentent si bon.

— Nous aimons les jardins. On aime toujours voir qui a le plus beau jardin.

Il fait toujours du soleil ici dans le Midi, a dit Madame Dupont. C'est pourquoi on aime passer beaucoup de temps dehors. Nous dînons même dehors la plupart du temps. Tu vois, on aime les arbres aussi. »

Madame Dupont a indiqué de petits arbres.

« Tu vois ces arbres aux petites feuilles un peu argentées ? Ce sont des oliviers. Et ces arbres sont des abricotiers. Nous aimons beaucoup les abricots. Nous avons aussi des poiriers.

— J'imagine que les fruits sont délicieux ici. Ils doivent être meilleurs que ceux qu'on achète dans les supermarchés, a dit Anne.

— Oui, bien sûr, a dit Madame Dupont. Je n'achète jamais de fruits dans les magasins. »

Anne a souri. Elle aimait bien Madame Dupont. Elle était très gentille. Elle était mince. Elle avait les cheveux courts et bruns et les yeux marron. Elle portait une grosse bague en or au doigt.

« Anne, veux-tu te reposer avant de dîner ? Nous allons manger de la bouillabaisse et des fruits de mer.

— Oui, je veux bien, mais qu'est-ce que c'est que la bouillabaisse ? a demandé Anne.

— C'est une soupe faite avec du poisson et des coquillages, a dit Madame Dupont.

— Et les fruits de mer, qu'est-ce que c'est ?

— Ce sont des coquillages, des moules et des huîtres. »

Pour Anne, manger des coquillages, c'était terrible. Elle aimait regarder les beaux coquillages. Elle en avait de très beaux dans sa chambre en Californie. Elle ne voulait pas manger de coquillages, surtout sans les faire cuire. Et puis il y avait des têtes de poisson dans la bouillabaisse. Elle n'aimait pas l'idée de voir des yeux de poisons dans son assiette !

Anne est allée dans sa chambre pour se reposer parce qu'elle était très fatiguée. Elle s'est couchée. Il ne faisait pas encore nuit et pourtant il commençait à être tard. A cause de la chaleur, elle n'avait pas besoin de couverture. Il fait très chaud dans le sud de la France, pas comme dans le nord où il fait souvent frais pendant toute l'année. Le climat du nord est semblable au climat de certaines villes côtières de Californie. Tout en France était nouveau, différent, fantastique:

la ville, la maison et la famille, tout sauf les fruits de mer et la bouillabaisse.

Anne pensait au dîner. Elle pensait aux fruits de mer. Elle appréhendait de dîner. Elle ne voulait pas manger de fruits de mer. Elle pourrait peut-être manger de la bouillabaisse si elle se forçait, si elle ne voyait pas les yeux des poisons, mais les coquillages, c'était dégoûtant. Anne n'a jamais su si la bouillabaisse était bonne ou pas parce qu'elle s'est endormie et elle ne s'est pas réveillée à temps pour dîner. Elle a dormi longtemps. Elle a dormi pendant douze heures.

Chapitre deux

Deux jours plus tard, Anne a commencé ses études au lycée. Elle est allée à l'école avec Sophie. Le lycée n'était pas loin de la maison. Elles y sont allées à pied. Sophie était en terminale. Son école préparait les élèves pour l'université. En France, pour entrer à l'université, les élèves doivent être reçus au baccalauréat. C'est un examen est très difficile. Il faut avoir beaucoup de connaissances pour réussir à l'examen. Si on est reçu, on peut aller à l'université.

Marie-France et Pierre sont allés à une autre école. Anne savait qu'il y avait des élèves qui allaient à l'école privée. Au collège privé, les élèves avaient des cours de religion. Ils lisaient la Bible. Il y avait une chapelle et les élèves allaient à la Messe tous les jours. Des prêtres enseignaient la majorité des cours. Les élèves devaient se mettre debout quand ils posaient des questions ou quand ils répondaient aux professeurs.

Il n'en était pas de même au lycée, heureusement. Anne est allée aux cours d'histoire, de français, de mathématiques et de sciences. Les cours de sciences et de mathématiques n'étaient pas très difficiles pour Anne, mais le cours de français était très difficile. Les élèves lisaient Les Misérables par le célèbre auteur Victor Hugo. Etudier la révolution de la France était super difficile parce qu'Anne ne savait presque rien à ce sujet. Par contre, elle avait appris beaucoup de choses au sujet de Napoléon. Napoléon avait été chef d'état après la Révolution.

Les élèves déjeunaient au réfectoire. Anne était surprise d'avoir une heure et demie pour déjeuner. A son école en Californie, elle n'avait que trente minutes pour manger. Anne aimait beaucoup l'idée d'avoir une heure et demie pour déjeuner jusqu'au moment où elle s'est rendu compte que les cours finissaient à cinq heures et demie. Quelle longue journée !

Elle était beaucoup plus longue que sa journée d'école à Torrance.

Sophie et Anne ont pris un sandwich et une salade pour le déjeuner et comme dessert, elles ont pris de la glace. Anne aimait la glace. Le réfectoire de cette école était semblable à celui d'Anne en Californie. Il y avait beaucoup d'élèves. Anne et Sophie ont pris leur déjeuner à une table où elles s'étaient assises. Elles ont commencé à parler.

« Comment se passe ta journée ? lui a demandé Sophie. Tu aimes mon école ?

— Tout est différent de mon école en Californie, mais ça me plait. »

Un grand garçon s'est assis à la table à côté d'elles. Il était très beau. Il avait les cheveux bruns et de beaux yeux marron. Il avait un grand sourire et les dents très blanches.

« Tu es la fille américaine ? lui a-t-il demandé.

— Oui. Comment sais-tu que je suis américaine ?

— Tous les élèves de l'école savent qu'il y a une nouvelle élève américaine », a-t-il répondu en souriant.

Anne pensait que le garçon était très beau.

« Je suis Anne Silva, a-t-elle dit en lui souriant. Comment t'appelles-tu ?

— Jean-Luc, Jean-Luc Leblanc.

— Je suis très heureuse de faire ta connaissance, Jean-Luc.

— Moi de même », lui a-t-il répondu.

Jean-Luc, Anne et Sophie ont bavardé. Ils ont parlé des professeurs, des bons et des mauvais. Ils ont parlé de l'équipe de football de Jean-Luc. Le football était en vogue en France. Ils ont parlé du cours d'histoire et de la difficulté des devoirs. Jean-Luc a pris deux sandwichs, deux oranges et deux glaces. Il avait très faim. Après avoir fini la glace, Jean-Luc a souri et il a dit à Anne:

« Eh bien, Anne. J'espère que je vais te revoir bientôt. On pourrait peut-être aller au café un de ces jours. On pourrait prendre un croque-monsieur si tu veux.

— Ça me ferait plaisir », a-t-elle répondu. Anne ne savait pas ce que c'était qu'un croque-monsieur, mais elle aimait l'idée de revoir Jean-Luc. Jean-Luc a pris ses livres et il est parti.

« Qu'est-ce que c'est qu'un croque-monsieur ? a-t-elle demandé à Sophie quand Jean-Luc est parti.

— Un croque-monsieur est un sandwich chaud au fromage et au jambon. On en mange souvent pour le déjeuner. C'est sympa de manger au café avec des amis.

— Très bien. Ça doit être bon, lui a-t-elle dit, oubliant qu'elle était végétarienne.

— On dirait que Jean-Luc est très bien aussi, n'est-ce pas ? a répondu Sophie avec un grand sourire.

— Ah oui, tu es drôle, tu sais !

— Toutes les filles de l'école l'aiment bien.

— Toutes les filles ? » Anne lui a demandé. Sophie a hoché la tête.

« Il est très populaire. »

Anne était heureuse en pensant à Jean-Luc. En Californie, elle ne faisait pas partie du groupe le plus populaire de l'école, mais en France, elle avait déjà parlé avec un des garçons les plus populaires. Elle pensait:

« Je crois que j'aimerai bien ce pays. Je crois que j'aimerai bien cette école. Je crois que j'aimerai être l'amie des élèves les plus populaires. »

Chapitre trois

Anne aimait son lycée français. Pour elle, tout allait bien. Elle avait beaucoup d'amis. Elle s'amusait bien et elle étudiait beaucoup. Elle allait voir des films français et elle regardait la télévision française. Elle était contente d'être en France... jusqu'à un certain jour. Ce jour est arrivé trois semaines après son arrivée en France.

Ce jour-là, Anne est rentrée de l'école comme d'habitude. Elle s'est assise à table avec Sophie. Elles ont mangé des biscuits et elles ont bu une tasse de thé. Les Dupont prenaient toujours du thé l'après-midi. Anne avait découvert qu'elle aimait beaucoup le thé avec du lait. Pierre est entré en courant. Il avait l'air très énervé.

« Qu'est-ce que j'ai à t'apprendre ! a-t-il crié à Sophie. Samedi on va faire quelque chose de formidable !

— Quoi ? a-t-elle demandé. Un match de foot ?

— Non, a-t-il dit.

— Un concert ?

— Non.

— Une fête à l'église ?

— Non », a répété Pierre.

Anne a remarqué que Pierre aimait gêner sa sœur.

« Je t'ai dit que c'était quelque chose d'intéressant.

— Eh bien, dis-moi maintenant, qu'est-ce que c'est ? Raconte-moi ! Assez de bêtises maintenant ! » a dit Sophie.

Anne a ri car elle pensait que ses frères la gênaient aussi de temps en temps.

Finalement, Pierre a dit:

« On va à la corrida à Barcelone, en Espagne. Papa nous a acheté des billets pour la corrida.

— C'est génial ! a dit Sophie.

— Il nous a acheté des billets à l'ombre.

— C'est formidable parce que les billets à l'ombre sont les plus chers, Sophie a expliqué a Anne. Qui est le matador ?

— C'est Pablo Machado », leur a dit Pierre de la façon dont un Américain dirait Tiger Woods.

— Ah ! voilà pourquoi Papa nous a acheté des billets à l'ombre, a dit Sophie. Pablo Machado est le meilleur matador d'Espagne, probablement le meilleur du monde.

— Il y a des gens qui disent qu'il est le prochain Joselito, a dit Pierre. Peux-tu t'imaginer que nous allons voir le prochain Joselito ? »

Sophie et Pierre étaient très animés. Anne n'était pas du tout animée. Elle ne comprenait pas pourquoi ils étaient si contents. Elle ne comprenait pas ce qu'ils disaient. Elle comprenait que les matadors se battaient contre les taureaux, mais elle ne savait pas qui était Joselito. Elle ne connaissait rien aux corridas. Elle ne connaissait rien aux taureaux. Elle ne voulait rien y connaître. Pour elle, l'idée de tuer un taureau semblait horrible. Pourquoi voulaient-ils tuer le taureau ?

« Es-tu contente ? a demandé Sophie. C'est ta première corrida.

— Oui, a dit Anne.

— Tu n'as jamais assisté à une corrida ? » a demandé Pierre.

Pierre était surpris. « Je n'en reviens pas. Pourquoi n'as-tu jamais vu de corrida ?

— Les corridas n'existent pas aux Etats-Unis », a dit Anne.

Anne voulait ajouter qu'il n'y avait pas de corridas parce qu'elle vivait dans un pays civilisé, mais elle ne l'a pas dit parce qu'elle ne voulait pas fâcher Sophie et Pierre.

« Je ne comprends pas. Pourquoi n'y a-t-il pas de corridas aux Etats-Unis ? J'adore voir les taureaux. Je veux devenir matador. Je veux devenir le prochain Joselito.

— Qui est Joselito ? a demandé Anne.

— Qui est Joselito ? Quelle question ridicule ! Joselito est le meilleur matador du monde ! » a répondu Pierre.

Pierre s'est mis à danser dans la cuisine. Il a pris une serviette et s'est mis à se battre contre un taureau imaginaire.

« Je suis courageux comme Joselito. Je suis fort comme Joselito. Je suis un célèbre matador. Je tue toujours le taureau. »

Sophie a ri et a regardé Anne. Elle lui a dit:

« Anne, qu'est-ce que tu as ? Es-tu malade ? Ton visage est très pâle.

— Non, a dit Anne, je ne suis pas malade.

— Alors, qu'est-ce que tu as ? » a-t-elle insisté.

Pierre continuait à se battre contre le taureau. Il ne faisait pas attention à Anne ni à Sophie.

« Je trouve que c'est terrible de se battre contre un taureau, a dit Anne. C'est très cruel de blesser un taureau et ensuite de le tuer simplement pour le plaisir.

— Ce n'est pas possible ! Tu fais partie de ces gens-là ? La violence, non ! La vie, oui !

— Comment ? Je ne sais pas ce que tu veux dire, a protesté Anne.

— Il y a des gens qui ne veulent pas qu'on tue les taureaux. Ils crient, 'La vio-

lence, non ! La vie, oui ! La violence, non !
La vie, oui !'

— Oui, alors. Je crois que je fais partie de
ces gens-là, a expliqué Anne.

— Anne, tu ne comprends pas les corridas. Tu n'en as jamais vu. C'est super.
Viens avec nous ! Tu changeras d'avis
après y avoir assisté. Papa a acheté des
billets chers, des billets à l'ombre. Tu vas
regretter si tu n'y vas pas.

— Des billets à l'ombre ? Je ne comprends pas, a dit Anne.

— Les billets à l'ombre coûtent plus cher
que les autres parce qu'il fait très chaud au
soleil. Personne ne veut s'asseoir au soleil
où il fait très chaud. C'est pourquoi tout le
monde veut s'asseoir à l'ombre où il fait
moins chaud. »

Anne ne voulait pas s'asseoir à l'ombre.
Elle ne voulait pas voir les taureaux. Elle ne
voulait pas assister à la mort d'un taureau,
même à l'ombre la plus fraîche.

« Anne, il faut y aller, a dit Sophie. Papa
ne va pas être content si tu n'y vas pas.

— C'est vrai », a dit Anne. Elle ne pensait pas qu'elle changerait d'avis à propos des taureaux, mais elle n'a rien dit. Elle avait déjà suffisamment parlé. Il était possible que Sophie ait raison. Il était vrai qu'Anne ne connaissait rien au sujet des taureaux. Elle a pris la décision d'aller voir la corrida et de décider plus tard si elle aimait le spectacle ou non.

Marie-France est entrée dans la cuisine.

« Salut, quoi de neuf ?

— Bonnes nouvelles ! a dit Pierre. Dimanche, on va en Espagne. On va voir une corrida. Pablo Machado est le matador.

— Pablo Machado ? a demandé Marie-France.

— Tu aimes Pablo Machado ? » a demandé Anne.

Marie-France l'a regardée, stupéfaite:

« Bien sûr, Anne, tout le monde aime Pablo Machado. C'est le plus beau matador d'Espagne.

— Alors, tu as très envie de voir les taureaux aussi ? Anne lui a demandé.

— Bien sûr, a répondu Marie-France. Tout le monde aime aller voir une corrida ! »

Presque tout le monde, tout le monde sauf Anne. Anne regardait ses amis dans la cuisine. Elle regardait les expressions sur leurs visages. Des billets chers ! Un matador célèbre ! Anne savait une chose, elle ne comprenait pas les Français.

Chapitre quatre

Toute la famille a fait le voyage en Espagne. L'Espagne n'était pas très loin d'Arles. Les Dupont ont passé la nuit dans un hôtel près de l'arène de Barcelone. Aujourd'hui, c'était le jour de la corrida et les Dupont étaient dans l'arène. On la considérait la plus belle arène du monde. Elle était ronde, élégante et très grande avec beaucoup de places. Il n'y avait pas d'herbe, comme dans les stades de foot. La famille Dupont avait hâte de voir la corrida. Tout le monde était content. Ils ont enfin trouvé leurs places et ils se sont assis à l'ombre. Anne ne se sentait pas à l'aise. Elle avait mal à l'estomac comme quand elle allait chez le dentiste. Elle n'aimait pas aller chez le dentiste.

« Je veux m'asseoir près d'Anne ! » a dit Pierre et il s'est assis près d'elle.

« Je suis content parce que nous allons voir Pablo Machado, a crié Pierre.

— Quand est-ce que le matador entre ? a demandé Anne.

— Tout de suite », a répondu Pierre.

Anne a entendu le son d'une trompette. Pierre s'est levé d'un bond et il a crié:

« Ça commence maintenant ! Voici les hommes de l'arène !

— Qu'est-ce que c'est qu'un homme de l'arène ? a demandé Anne.

— Tous les hommes qui participent à la corrida sont des hommes de l'arène.

Il y a des matadors, des picadors et des banderilleros.

— Qui sont-ils ? a demandé Anne. Je n'y comprends rien.

— Les picadors sont à cheval. Les banderilleros assistent les matadors, a dit Sophie.

— Voilà Pablo Machado ! » a crié Pierre.

Un homme très beau est entré dans l'arène. Pierre sautait sur place parce qu'il était si excité. Tout le monde délirait, comme en Amérique quand le meilleur joueur de football entre dans le stade.

Anne a regardé tout autour d'elle dans l'arène. Beaucoup d'hommes sont entrés.

Le premier était Pablo Machado, le matador. Il était très beau comme Marie-France l'avait dit. Les autres étaient aussi les hommes de l'arène. Ils portaient de beaux vêtements élégants.

« Leurs vêtements sont magnifiques ! Anne a dit à Sophie.

— Leurs costumes s'appellent des costumes de lumière.

— Je vois pourquoi, a dit Anne. Ils sont très lumineux. »

Le costume du matador était rouge et or. Il portait aussi un chapeau noir. Ses chaussures ressemblaient aux chaussures des ballerines.

Le matador et ses assistants ont fait le tour de l'arène. Ensuite, on a présenté des personnes importantes, des notables. Enfin, Anne a entendu le son d'une autre trompette. Un gros taureau noir est entré.

Un des banderilleros avait une cape jaune et violette et l'agitait. Le taureau l'a remarquée. Très rapidement, l'animal a couru vers la cape. L'homme s'est vite mis de côté et le taureau est passé près de lui. Il y avait six banderilleros. Ils jouaient tous avec le taureau, ou plutôt, il paraissait jouer avec eux. Ils couraient devant le taureau et le taureau les suivaient. Mais, quand le taureau courait vers ces hommes, ils s'échappaient et le taureau ne les blessait pas.

Ensuite, une autre trompette a sonné. Les picadors sont entrés.

« Ils vont préparer le taureau pour le matador. Ce sont les picadors. »

Anne observait tout ce qui se passait. Le taureau jouait. Il courait vers les chevaux et les picadors. Anne commençait à se sentir mieux. Elle pensait que le spectacle n'était pas aussi terrible qu'elle avait imaginé. Tout le monde criait. Ils étaient tous enchantés par le spectacle.

Anne a apprécié cette activité jusqu'au moment où le taureau a couru vers un des picadors qui étaient à cheval. Avec ses cornes, le taureau a attaqué le cheval. Le picador a frappé le taureau avec sa lance. La foule a crié d'émotion. Anne se sentait mal, elle se sentait très mal. Elle ne voulait plus regarder.

La trompette a sonné de nouveau.

« Voici les banderilleros, a dit Pierre. Ils sont formidables ! »

Anne a de nouveau regardé le spectacle.

« Ils sont comme les matadors. Ils sont formidables et courageux », a commenté Pierre.

Trois hommes habillés comme le matador sont entrés. Ils portaient des vêtements bleus et argent au lieu de rouge et or. Les banderilleros portaient de grands bâtons multicolores. Ils jouaient avec le taureau. Ils couraient vers le taureau et puis ils se séparaient.

« C'est difficile de combattre contre un taureau, n'est-ce pas ? a demandé Anne à Sophie.

— Les hommes de l'arène sont courageux et ils sont très beaux.

— Surtout Pablo Machado », a dit Marie-France.

Anne a ri parce que Marie-France était tombée amoureuse de Pablo Machado.

« Les matadors sont si courageux, a dit Pierre. Regardez comme ils se battent contre le taureau. » Pierre était superexcité. En devenant très agité, Pierre a frappé Anne sans faire attention. Ça n'a pas plu à Anne. Anne a décidé qu'elle ne voulait plus être assise près d'un garçon de huit ans.

Mais Anne a continué à regarder le spectacle. Elle se sentait très triste pour le taureau. Tout à coup, un des banderilleros a couru près du taureau. Il a sauté et il a planté deux banderilles dans le cou du taureau. Les banderilles n'ont pas bougé.

La scène était horrible à voir. Le sang sortait du cou du taureau. Anne pensait qu'elle allait vomir. Elle ne regardait plus. Elle ne pouvait pas en croire ses yeux. Tout semblait si horrible. Elle était surprise que quelque chose d'aussi atroce se passe au vingt et unième siècle.

« Ce taureau est très courageux, a dit Sophie.

— Oui », a dit Anne. Sophie ne savait pas qu'Anne détestait cette scène.

Ensuite une autre trompette a sonné. Pablo Machado est entré. Anne s'est retournée pour regarder le matador célèbre. Est-ce que c'était un grand athlète ou seulement un tueur de bêtes ?

Tout le monde criait. Ils étaient comme fous. Pablo Machado était un héro pour la foule de l'arène. Ils l'adoraient comme s'il était une grande vedette de cinéma.

Pablo a joué avec le taureau avec sa cape rouge. Cela faisait peur à Anne, mais Anne le regardait très peu. La plupart du temps, elle ne regardait pas. Elle ne pouvait pas regarder. Elle regardait seulement la foule. Des familles entières étaient là. Il y avait des grands-mères et des grands-pères, des mères et des pères, des enfants et même des bébés. Anne ne comprenait pas pourquoi elle était allée à la corrida. Tout à coup, un cri est monté de la foule.

Anne ne savait pas ce qui se passait. Elle s'est retournée pour regarder. Pablo Machado a enlevé son chapeau. Il a demandé quelque chose à un officiel. Anne ne pouvait pas entendre ce qu'il disait à cause du bruit.

« Qu'est-ce qui se passe maintenant ? a demandé Anne.

— C'est l'heure de démontrer son courage », a dit Sophie.

Pierre a encore sauté sur place. Il a beaucoup sautillé. Anne aurait aimé le jeter au taureau. Anne a regardé Pablo Machado encore une fois. Il jouait avec le taureau. Il a mis la cape très bas et le taurau a couru vers la cape. Le taureau baissait la tête en courant vers la cape. Le taureau est passé plusieurs fois devant le matador. Celui-ci a démontré son courage en s'approchant le plus près possible du taureau sans se faire blesser. Le taureau allait de plus en plus lentement. Finalement, Pablo Machado a sorti son épée et l'a tué. La foule a crié plus fort que jamais. Pierre a sauté avec encore plus d'enthousiasme. Sophie et Marie-France ont crié aussi.

Tout le monde agitait des mouchoirs dans l'air. Ils étaient très excités.

« Comment peuvent-ils être si heureux ? se demandait Anne. Qu'est-ce qu'ils ont ces gens-là ? Ils viennent de voir un taureau se faire tuer et ils sont heureux. Le taureau n'avait pourtant rien fait de mal. »

Anne n'en pouvait plus.

« Rendez-vous à la voiture », a-t-elle dit à Sophie.

Ellle s'est levée et elle est partie. Elle se sentait malade. Elle pleurait à chaudes larmes. Elle entendait les cris de la foule de la voiture. Elle pleurait en les écoutant. Elle était certaine d'une chose: elle n'irait jamais plus à une autre corrida. C'était trop affreux.

Chapitre cinq

Anne a attendu longtemps dans la voiture. Elle continuait de pleurer, mais ça lui semblait étrange de pleurer quand tout le monde criait de joie. Elle entendait les cris de l'arène et savait que tout le monde était content. Elle entendait la musique et les cris. Anne pensait qu'elle était la seule personne en France à ne pas être heureuse. Ses amis de Californie lui manquaient beaucoup. La Californie lui manquait. Le temps de Californie où il ne faisait pas si chaud lui manquait aussi.

Anne a vu les Dupont qui se dirigeaient vers la voiture. Elle a vite séché ses larmes. Elle était gênée parce qu'elle pleurait. Elle a arrêté de pleurer. Les Dupont sont arrivés. Ils étaient très contents. Ils étaient si contents qu'ils n'ont rien dit à Anne pendant quelque temps.

« Je n'en reviens pas ! Ils lui ont donné une oreille, une queue et un pied », a dit

Monsieur Dupont. Il souriait et il avait les bras autour des épaules de sa femme et de Marie-France.

« Ça fait longtemps que je n'ai pas vu cela, a dit Madame Dupont. Le combat était phénoménal.

— Pablo Machado était merveilleux. C'est le meilleur matador du monde ! a crié Pierre. Il n'existe pas de meilleur matador.

— Je n'ai jamais vu de matador recevoir une oreille, une queue et un pied. C'est incroyable ! » a dit Sophie.

Anne ne comprenait pas ce qu'ils disaient. Pour elle, rien de cela semblait normal. Anne ne comprenait jamais ce qu'ils disaient quand ils parlaient des taureaux. Elle ne comprenait pas non plus leur attitude.

« Qu'est-ce que cela veut dire, une oreille, une queue et un pied ? a demandé Anne.

— Salut Anne. Ah bon, tu es ici ? C'est bien », a dit Madame Dupont.

Elle a regardé Anne pour la première fois depuis le début de la corrida.

« Comment vas-tu ? Pourquoi es-tu partie ? Tu as manqué la meilleure partie de la corrida », a dit madame Dupont.

Anne ne savait pas quoi dire. Est-ce qu'elle devrait être honnête avec eux ? Est-ce qu'elle devrait essayer de leur communiquer ses vrais sentiments ? Si elle leur disait la vérité, ils seraient mal à l'aise. Quel grand problème ! La seule chose dont Anne était sûre c'était qu'elle ne voulait plus voir de corridas.

« C'est vrai, Anne, a dit Monsieur Dupont. Rose a raison. Tu as manqué la meilleure partie de la corrida.

— Et qu'est-ce que c'était ? a-t-elle demandé.

— Ils ont donné une oreille, une queue et un pied à Pablo, a dit Monsieur Dupont. Normalement, ils ne donnent qu'une oreille ou deux aux matadors. »

Anne ne comprenait toujours pas.

« Qu'est-ce que cela veut dire une oreille, une queue et un pied ? a demandé Anne.

— Après la corrida, on donne une partie du taureau au matador comme prix. Si c'est une bonne corrida, on lui donne une oreille. Si c'est supérieur, on lui donne deux oreilles. Rarement, et il faut que ce soit phénoménal, on lui donne une oreille et une queue. Aujourd'hui, Pablo Machado a reçu une oreille, une queue et un pied. C'est fantastique. Anne, cela n'arrive pas souvent. Tu as eu de la chance parce que tu as vu une très bonne corrida.

— C'était très bien, n'est-ce pas ? a dit Pierre.

— Ma première corrida et ma dernière. Je ne veux jamais plus en voir une autre. »

Les mots sont partis en torrents. Elle ne pouvait pas retenir les mots. Elle ne voulait pas prononcer ces mots, mais elle ne pouvait pas les arrêter. Elle a regardé le père. Il était triste à cause de ce qu'elle avait dit.

« Tu n'as pas aimé, Anne ? Je suis désolé. Nous, nous avons beaucoup aimé cette corrida. Et cela nous a coûté beaucoup d'argent », a dit l'homme à sa femme.

Monsieur Dupont pensait qu'Anne ne l'avait pas entendu car il avait parlé très bas.

« Je suis désolée, mais c'est horrible de faire mal à un taureau et de le tuer », a dit Anne.

Sophie était en colère et a dit méchamment:

« Qu'est-ce qu'ils ont ces Américains ? Ils viennent en France et ils pensent qu'ils sont supérieurs à nous. Ils ne comprennent pas ce que c'est qu'une corrida.

— Je ne me sens pas supérieure à vous, a dit Anne. C'est seulement que je n'aime pas les corridas.

— Tu te crois mieux. C'est évident. Tu penses que nous sommes drôles. Tu penses que nous ne sommes pas civilisés parce que nous aimons tuer les taureaux !

— Mais c'est vrai ! Vous aimez assister à la mort des animaux. Vous êtes heureux parce que vous l'avez vu, a crié Anne. Ça vous a plu. Vous avez crié de joie ! Vos matadors sont des héros. Mais pour moi, ce ne sont que des tueurs des bêtes. »

Les yeux de Sophie étaient froids et fâchés. Maintenant Anne était fâchée aussi.

« Tu trouves au moins que Pablo Machado est beau, j'espère ? » a demandé Marie-
France.

Anne a souri bien qu'elle soit fâchée.
Marie-France était si bête. Elle ne pensait
qu'aux garçons. Maire-France était comme
la petite sœur d'Anne.

« Oui, c'est vrai. Pablo Machado est très
beau », lui a-t-elle répondu.

Personne n'a dit un mot. C'était une petite voiture et il n'y avait pas beaucoup de
place. Maintenant la voiture semblait encore plus petite à Anne. Tous les membres
de sa nouvelle famille la détestaient cer-
tainement. Anne pensait qu'elle se détestait
aussi. Personne ne parlait en route. Pourquoi avait-elle parlé de la corrida ? A cause
de cela, tout le monde était mal à l'aise.
Même Sophie était fâchée contre Anne et
Sophie était la meilleure amie d'Anne en
France. Elle ne lui parlerait probablement
jamais plus. La seule personne dans la
voiture à ne pas être contre elle était Pierre.
Il était assis près d'Anne et il lui a pris la
main.

« Ça me fait de la peine que tu n'aies pas aimé la corrida, lui a dit Pierre avec beaucoup de compassion. La prochaine sera beaucoup mieux. Tu verras. » Anne n'a rien répondu parce qu'elle ne voulait pas les blesser ni les fâcher encore plus. Elle savait qu'elle n'assisterait jamais plus à une autre corrida. C'était trop horrible.

« Anne, je t'aime bien, tu sais, a dit Pierre. J'aime tes longs cheveux. Tu es très belle. »

Anne a souri et a dit:

« Tu es bien gentil. Moi aussi, je t'aime bien Pierre. »

Anne était heureuse que Pierre soit son ami, son seul ami en France maintenant.

Chapitre six

Anne a essayé d'oublier les taureaux. Elle ne voulait jamais plus assister à une autre corrida. Elle ne voulait jamais plus entendre parler de taureaux. Elle ne voulait jamais plus voir de photos de taureaux. Et en plus, elle ne voulait pas se battre avec sa famille française au sujet de taureaux. Pendant deux ou trois jours, la famille Dupont n'a fait allusion ni à la corrida ni à Pablo Machado. Ils ont continué leur petite vie tranquille. Monsieur Dupont allait tous les jours à la poste où il travaillait. Madame Dupont restait à la maison. Elle aidait ses enfants et faisait le ménage. Marie-France riait beaucoup. Elle faisait ses devoirs et elle aidait sa mère à faire le ménage. Pierre disait chaque jour à Anne qu'elle était très belle. Sophie parlait avec Anne bien quelle ne soit pas aussi aimable qu'avant. Anne était contente parce que la famille Dupont ne semblait pas la détester. La famille

d'Anne lui manquait toujours, mais moins
que le jour de la corrida.

Anne pensait qu'elle n'aurait pas le mal
du pays si elle s'amusait. Elle voulait
s'amuser en France. Elle voulait voir la
France. Elle voulait voir la cathédrale de
Reims. Elle voulait aller à Montmartre pour
acheter des tableaux. Elle voulait manger
du pain dans un restaurant. Elle voulait
goûter des escargots et boire du vin. Elle
voulait se promener à Paris, visiter le Lou-
vre et voir des pièces françaises à la Comé-
die Française. Anne voulait faire toutes ces
choses-là avec ses nouvelles amies. Elle
voulait aussi étudier beaucoup pour recevoir de bonnes notes à l'école.

L'école en France n'était pas très facile
pour elle et les journées étaient longues,
mais elle y était habituée maintenant. De
plus, Anne voulait sortir avec Jean-Luc, le
beau garçon qu'elle avait rencontré le premier jour de l'école. Elle ne le voyait pas
souvent au lycée. De temps en temps, elle le
voyait pendant la récréation. Il lui souriait
et lui disait:

« Salut Anne d'Amérique. »

Anne aurait aimé le voir plus souvent, mais elle n'en avait pas l'occasion. Jean-Luc voulait-il sortir avec elle ? Peut-être avait-il une petite amie. Anne espérait que non, parce qu'elle voulait vraiment sortir avec lui.

Un jour, quelques semaines après l'histoire du taureau, elle a vu Jean-Luc à l'école. Anne, Sophie et d'autres amis prenaient le déjeuner dehors. Pendant qu'ils déjeunaient, ils se préparaient pour un examen d'histoire qu'ils passeraient l'après-midi.

« Encore une fois, Anne, quand est-ce que les Allemands ont occupé la France ?

— De 1940 à 1944, a répondu Anne.

— Très bien, a dit Sophie. Tu sais beaucoup de choses sur la guerre pour l'examen d'aujourd'hui.

— Oui, a dit Anne, j'ai travaillé beaucoup hier soir. J'ai étudié pendant deux heures. »

Anne a entendu la voix de quelqu'un qui s'approchait d'elle et disait:

« Pourquoi une belle Américaine comme toi passe-t-elle tant de temps à étudier ? »

Anne s'est retournée et a vu Jean-Luc. Il a souri. Il avait un grand sourire. Ses dents étaient belles. Ses yeux bleus étaient magnifiques. Ils étaient si différents des yeux de ses autres camarades de classe.

« Salut Jean-Luc, a dit Anne. je me prépare pour un examen d'histoire.

— L'histoire, a dit Jean-Luc, quel cours facile !

— Facile pour toi, a dit Anne, mais pas pour moi. Je suis née aux Etats-Unis. Je ne suis pas d'ici, moi. Voudrais-tu passer un examen sur l'histoire des Etats-Unis ? » a-t-elle taquiné.

Jean-Luc a ri.

« Je connais quelques-uns de tes présidents: Washington, Lincoln, Clinton, Bush.

— Ils sont très célèbres, a dit Anne.

— J'aime les Etats-Unis, a dit Jean-Luc. Est-ce vrai que tout le monde a une grande voiture et beaucoup d'argent aux Etats-Unis ?

— Non, pas tout le monde, a dit Anne.

— Je veux y aller un jour, a dit Jean-Luc, parce qu'il y a beaucoup de belles femmes là-bas. »

Le visage d'Anne est devenu rouge.

« Anne, veux-tu sortir avec moi, lui a demandé Jean-Luc. Veux-tu aller à un match de football ?

— Oui, a dit Anne, j'aimerais bien voir un match de football. »

Anne n'avait jamais vu de match de football sauf ceux de son petit frère, mais ils ne comptaient pas.

« FC Paris St Germain joue dimanche. Veux-tu y aller ?

— Oui, je veux bien », a répondu Anne nonchalamment.

Anne ne voulait pas montrer sa joie à Jean-Luc.

« Alors, à dimanche, d'accord ?

— Oui », a répondu Anne.

Jean-Luc est parti et Sophie a dit :

« Bravo, Anne. Jean-Luc est si beau !

— Oui, je sais, a répondu Anne.

— Tu as de la chance. Mais maintenant, nous devons nous remettre à l'histoire.

— Oui », a dit Anne.

Anne essayait de penser à la France et à la deuxième guerre mondiale, mais c'était très difficile. Elle ne pouvait penser qu'à Jean-Luc.

Chapitre sept

C'était dimanche après-midi. Jean-Luc et Anne roulaient à moto. Ils allaient au stade où l'équipe de football, FC Paris St. Germain allait jouer. Pour Anne c'était très étrange de sortir à moto avec un garçon, mais à Arles, presque tous les jeunes gens avaient une petite moto.

Ils ne pouvaient pas parler pendant le trajet. Le casque la gênait et la moto faisait trop de bruit, mais quand ils sont arrivés, ils se sont mis à parler. Anne a beaucoup parlé à Jean-Luc de la Californie et de sa famille. Jean-Luc lui a raconté beaucoup de choses au sujet de sa famille, de la France et du football. Jean-Luc connaissait bien le football parce qu'il jouait pour son club. Anne savait qu'il était un très bon joueur de football.

Ils sont allés au guichet où on vendait les billets pour le match.

« J'ai acheté les billets au téléphone. Ce n'est donc pas nécessaire de faire la queue pour les acheter. Ils vont être ici. Attends-moi ! Je reviens tout de suite ! »

Il faisait très chaud à Arles. Anne avait très chaud en attendant Jean-Luc. Quand Jean-Luc est revenu, il était très fâché.

« Ils ont perdu mes billets ! Je ne les ai pas. Ces idiots ont perdu mes billets ! a crié Jean-Luc.

— Ça ne fait rien, a dit Anne. Nous pouvons y aller un autre jour. »

Jean-Luc a acheté deux cocas à un vendeur du stade. Anne et Jean-Luc les ont bus rapidement parce qu'il faisait tellement chaud. Le coca était très bon. Anne était heureuse qu'il y ait du coca en France.

« Alors, qu'est-ce qu'on va faire ? a demandé Anne à Jean-Luc.

— Je sais ce que nous pouvons faire. Viens avec moi. Allons chercher la moto.

— Où allons-nous, Jean-Luc ? a demandé Anne.

— C'est une surprise. Nous allons à un truc formidable, lui a-t-il expliqué. C'est un

endroit que les Américains aiment beaucoup. C'est quelque chose que tu dois faire
pendant que tu es en France.

— Ah bon ? Alors, allons-y vite ! »

Ils sont montés sur la moto. Anne était
très impressionnée par Jean-Luc. Jean-Luc
était très gentil et en plus, il était très beau.
Elle aimait parler de la France avec lui. Ils
sont arrivés très vite.

Anne n'en revenait pas. Ils étaient devant l'arène ! Anne s'est dit:

« Oh non, une autre corrida ! »

— Nous voici ! a dit Jean-Luc. Ça te dit
quelque chose d'aller à une corrida ?

— Oui. Bien sûr ! »

Anne ne voulait pas lui dire ce qu'elle
ressentait.

Si elle lui disait ce qu'elle ressentait,
Jean-Luc penserait que les Américains se
croyaient supérieurs aux Français. Il allait
penser que les Américains avaient peur des
corridas. Il allait se fâcher. Anne ne savait
pas comment faire.

« Dis donc, Jean-Luc, il y a un problème.
Nous n'avons pas de billets, a-t-elle dit.

— Pas de problème du tout. Nous pouvons entrer, a expliqué Jean-Luc. Je peux
toujours entrer dans les corridas. Mon père
est matador.

— Ton père est matador ? a demandé
Anne, surprise. C'est comment d'avoir un
père qui est matador ?

— Mon père n'est pas très connu, a dit
Jean-Luc. Pas comme Pablo Machado. Mais
il est bon. Il ne travaille pas aujourd'hui,
mais tout le monde me connaît ici. On me
laisse entrer sans payer. Mon oncle est ban-
derole et mon grand-père était picador. Je
viens d'une famille qui adore les taureaux.

— C'est intéressant », a dit Anne.

Jean-Luc a continué:

« Mon père aimerait que je devienne
matador, mais je préfère le football. »

Anne ne savait vraiment pas comment
faire. Elle ne voulait pas voir une autre corrida, mais elle ne voulait pas blesser Jean-
Luc. Quel problème !

« Alors, Anne, on y va ? » a demandé
Jean-Luc en lui offrant sa main.

Anne pensait à tout ce qui s'était passé entre Sophie et elle. Elle pensait à ce que Sophie avait dit:

« Les Américains se croient supérieurs aux Français. »

Comme Anne ne voulait pas blesser son nouvel ami français, elle lui a répondu:

« Oui, bien sûr ! Allons-y ! »

Anne se sentait un peu malade. Elle avait chaud. Pourquoi assister à une autre corrida ? Mais c'était trop tard.

Jean-Luc est allé chercher des billets et est revenu immédiatement avec les billets. Tout le monde disait bonjour à Jean-Luc et à Anne. Tout le monde reconnaissait Jean-Luc et lui parlait. Tout le monde connaissait Jean-Luc et Jean-Luc connaissait tout le monde.

Finalement, ils sont entrés dans l'arène.

« Ça commence maintenant, s'est écrié Jean-Luc.

— Ah bon ! »

Anne était très triste quand elle est entrée. Elle ne pensait qu'au taureau.

Elle pensait que le taureau était probablement triste aussi.

Chapitre huit

La deuxième corrida d'Anne a commencé comme la première. Une trompette a sonné. Il y avait des gens très heureux, très excités. Puis le taureau est entré, un gros taureau noir.

« Cette course va être très bien. Ce taureau est très célèbre.

— Un taureau célèbre ? Comment cela est-il possible ? a demandé Anne. Je pensais que les matadors étaient célèbres, pas les taureaux.

— Anne, en France les taureaux sont célèbres. Les taureaux de corrida sont spéciaux. Ils sont courageux, plus courageux que les taureaux normaux. Ils sont nés uniquement pour les corridas. Dans le Midi, on aime les taureaux.

—Oui, vous aimez tellement vos taureaux que vous les tuez, a pensé Anne.

— Voilà le matador, a dit Jean-Luc. C'est un bon matador, mais il n'est pas très connu. Il s'appelle Claude Sanguine. Un taureau l'a presque tué il y a deux ans.

— C'est terrible, a répondu Anne.

— C'est arrivé pendant une corrida. Le taureau s'est lancé contre lui. Il a dû passer deux mois à l'hôpital. Il n'a pas pu marcher pendant longtemps. Il a dû s'entraîner longtemps avant de pouvoir retourner au combat.

— Ce matador est très courageux. » Elle se sentait un peu bête.

A l'autre corrida, elle n'avait pensé qu'au taureau, pas au matador. Elle avait oublié que les hommes meurent aussi dans les corridas.

« Regarde comme c'est beau, a dit Jean-Luc. Ces matadors sont très bons. »

Pour Anne, une belle corrida n'était pas possible. Les corridas étaient laides, étranges et terribles.

Anne regardait tout ce qui se passait. Les matadors ressemblaient à des ballerines en joli costume. Ils dansaient autour de l'arène. Le taureau semblait danser aussi. Le taureau courait très vite. Il s'approchait de plus en plus près du matador. Mais chaque fois, au dernier moment, le matador sautait de côté et le taureau ne le touchait pas.

« Alors, Anne, qu'en penses-tu ? a demandé Jean-Luc. Tu aimes ce spectacle ?

— Je ne sais pas, Jean-Luc », a dit Anne. Son estomac ne lui faisait pas encore mal. « Moi, ça me semble terrible de tuer un taureau comme simple divertissement. »

Jean-Luc était surpris.

« Anne, nous ne tuons pas les taureaux pour le divertissement. C'est un art.

— La corrida est un art ? a demandé Anne.

— Oui, a dit Jean-Luc, un art magnifique, un combat pour survivre.

— Peut-être, mais c'est si cruel, a dit Anne.

— Ce n'est pas cruel. Ces taureaux ont une bonne vie. Ils mangent bien. Ils deviennent forts. Ils sont plus forts et plus courageux que les autres animaux. A la corrida, ils démontrent leur courage. Ils ne sont pas comme les autres taureaux qu'on sert comme hamburgers. Nous rendons honneur aux taureaux ici. La corrida est l'idée française de l'honneur pour l'homme ainsi que pour le taureau. »

Anne a regardé Jean-Luc. Elle était heureuse. Elle pensait que les taureaux étaient spéciaux et uniques. Elle pensait que les corridas étaient un art.

« Cette corrida est fantastique. Le matador est formidable, a dit Jean-Luc. Je ne peux pas m'arrêter d'admirer la beauté d'une corrida. »

Anne a bien regardé. C'était vrai. Le taureau était courageux. Il se battait avec bravoure.

Les spectateurs criaient pour le matador et pour le taureau. Ils sont devenu enthousiasmés et puis ils se sont arrêtés. Ils ont sorti leur mouchoirs et les ont agités en l'air. Anne ne savait pas ce qui se passait, mais elle savait que c'était quelque chose d'unique. Jean-Luc perdait la tête.

« Je n'en reviens pas, a crié Jean-Luc. Ceci est très rare. C'est un pardon.

— Qu'est-ce que c'est qu'un pardon ? a demandé Anne.

— Le matador ne veut pas tuer le taureau, a dit Jean-Luc.

— Pourquoi ? Anne ne comprenait pas. Le matador ne tue-t-il donc pas toujours le taureau ?

— Quelquefois le taureau est si courageux que le matador ne veux pas le tuer, a expliqué Jean-Luc.

— C'est formidable ! » a crié Anne.

Anne s'est mise à crier pour le taureau:

« Vive le taureau ! Vive le taureau ! »

Anne se sentait aussi fanatique que les autres qui criaient. Quand elle criait pour sauver la vie du taureau, elle se sentait française.

Finalement, Jean-Luc a dit que le taureau n'allait pas mourir.

« Ça n'arrive pas souvent. Tu as de la chance d'avoir vu cette corrida. »

Anne avait de la chance parce que les deux corridas qu'elle avait vues étaient spéciales. On jouait de la musique. Les gens criaient. Tout le monde était content. Anne pensait au taureau. Elle pensait que le taureau était le plus content de tous. Elle était contente parce que le taureau n'était pas mort. Elle était contente aussi parce qu'elle comprenait mieux les corridas. Elle comprenait mieux la famille Dupont aussi et elle comprenait mieux la France.

« Tu as aimé la corrida ? a demandé Jean-Luc en marchant vers la moto.

— Oui, c'était très bien. Je suis heureuse parce que le taureau n'est pas mort.

— Le taureau était vraiment courageux. Il ne devait pas mourir.

— Oui, a dit Anne. Le taureau était très courageux.

— Veux-tu aller prendre quelque chose ? a demandé Jean-Luc.

— Volontiers », a-t-elle répondu.

Ils sont allés dîner dans un restaurant. Ils ont regardé le menu. Qu'est-ce qu'ils allaient commander ? De la soupe à l'oignon, de la bouillabaisse, de la crème caramel, des crêpes ? Toute la cuisine française semblait bonne aujourd'hui, même la bouillabaisse.

Aujourd'hui, Anne ne se sentait pas Anne d'Amérique, elle se sentait Anne de France.

FIN

Les corridas de taureaux en France

de Donna R. Tatum

Kentucky Country Day School, Louisville

Tout comme l'histoire intitulée *Vive le taureau!*, les Français participent au sport controversé du combat de taureaux comme on le fait en Espagne. Dans les courses traditionnelles on affaiblit délibérément l'animal avant de le tuer. La mort est souvent désirée. Quelques personnes comparent les combats de taureaux à la chasse au renard que l'on fait en Angleterre et que l'on accepte comme phénomène culturel. Les courses ont lieu à peu près sept fois chaque année pendant les fêtes. Parmi les arènes les plus populaires, il y a celles d'Arles et de Nîmes.

Il y a un autre sport qui est aussi intéressant appellé La Course Camarguaise ou La Course à la Cocarde. C'est un sport aussi populaire que le combat de taureaux et on peut y assister dans les mêmes arènes. La Camargue, le delta du Rhône, comprend une région dans le sud qui est relativement petite. C'est un très bel endroit exceptionnel dans lequel on cultive le riz et on récolte le sel des marais. C'est encore plus connu pour les chevaux sauvages, de nombreux flamants roses, et les célèbres taureaux qui participient à la Course à la Cocarde.

Ces taureaux sont un peu plus petits et plus rapides que les taureaux typiques. Les toréadors, mieux connus comme "coureurs" s'habillent en blanc et entrent dans les arènes sans arme ni protection pour combattre le taureau à armes éga les. Ils es saient d'attraper, le plus vite possible, "la cocarde" qui se trouve entre les cornes du taureau. Le moment le plus excitant est le moment où l'homme essaie de dépasser le taureau en plongeant ses mains entre ses cornes. C'est un fait accompli avec l'aide d'un petit outil recourbé dont on se sert pour détacher la ficelle de la cocarde afin de gagner des points.

Evidemment La Course à la Cocarde a des aspects en commun avec le combat de taureaux traditionel. La différence principale entre les deux sports est les règles. Il y a des règles qui protègent non seulement le taureau mais son rival aussi. Par exemple, il y a de petites boules qui couvrent l'extrémité des cornes du taureau pour mieux protéger l'homme. Bien qu'on prenne des précautions, les hommes qui y participent sont quelquefois blessés et mêmes tués, mais c'est rare. Après tout, c'est un sport de risques pour tous qui y participent sauf le taureau.

Bullfighting in France
by Donna R. Tatum
Kentucky Country Day School, Louisville

As in the story *Vive le taureau!*, in the south of France, the French participate in the controversial sport of Spanish-style bullfighting. In a traditional bullfight the animal is intentionally weakened and killed. Death is often a relief. Some compare bullfights to the traditional foxhunt in England and accept them as a culturally embedded phenomenon. These events take place approximately seven times a year during "les fêtes" (festivals). The most active bullfight rings are in Arles and Nîmes.

There is an equally interesting sport called "La Course Camarguaise" (Camargue Racing) or "La Course à la Cocarde" (Race for the Cocarde) which is very popular in the arenas. Camargue, the delta of the Rhône River, encompasses a relatively small area in the south of France. This beautiful and unique area in which rice is grown with ease and salt is harvested from marshes, is also known as the home of wild horses, countless flamingos, and the famous bulls used for the "Course à la Cocarde".

These bulls are slightly smaller in size and faster than the traditional bull. The bullfighters, better known as "runners", dress entirely in white and enter the arena completely unarmed to face the bull on equal terms. They attempt to capture "la cocarde" (rosette ribbon) from between the bull's horns as quickly as possible. The most exciting moment of this event is when the "runner" tries to outrun the bull while thrusting his hands between the bull's horns. The feat is accomplished with only the aid of a small hooked metal tool which is used to detach the "ficelle" (cord) to score points.

Obviously the "Course à la Cocarde" is similar to the traditional bullfight. The main difference, however, are rules which protect both the bull and the competitor. For example, gold balls cover the ends of the bull's horns to protect the runner. Although protective measures are in place, the runners are sometimes hurt and, on rare occasion, killed. After all, this is a sport of risk for all involved except for the bull.

La série

Vive le taureau! est la quatrième nouvelle dans une série de quatre destinée aux élèves de deuxième ou troisième année. Autre série de quatre textes pour les élèves débutants existe. Vérifiez auprès de Blaine Ray Workshops ou Command Performance Language Institute (voir p. *i*).

The Series

Vive le taureau! is the fourth novella in a series of four for second- or third-year French students. Another series of four novellas exists for beginning students. Check availability with Blaine Ray Workshops or Command Performance Language Institute (see p. *i*).

Les adaptateurs

Curtis Briggs est professeur de français et d'anglais depuis 14 ans. Il enseigne à Newton Senior High School à Newton dans l'Iowa depuis les quatre dernières années. De 1987 à 1989, Curtis Briggs a été bénévole pour le Peace Corps dans la République d'Afrique Centrale et a vécu et fait des études à Paris et à Tours.

Alison DeHart enseigne l'espagnol depuis 18 ans. Elle est enseignante à Newton Senior High School à Newton dans l'Iowa depuis 1987.

The Adapters

Curtis Briggs has been teaching French and/or English for 14 years, the last four at Newton Senior High School in Newton, Iowa. He was a Peace Corps volunteer in the Central African Republic from 1987 to 1989 and has lived and learned in Paris and Tours.

Alison DeHart has been teaching Spanish for 18 years. Since 1987 she has taught at Newton Senior High School in Newton, Iowa.

Remerciements

Je tiens à exprimer ma vive reconnaissance à Francoise Kemble et Sarah Moran pour leur aide précieuse.

Acknowledgments

I am extremely grateful for the invaluable aid of Francoise Kemble and Sarah Moran.

Les auteurs

Lisa Ray Turner est une romancière lauréate américaine qui écrit en langue anglaise. Sœur de Blaine Ray, elle enseigne la composition et la musique. Elle habite au Colorado.

Blaine Ray est le créateur de la méthodologie dite « TPR Storytelling ». Il est également l'auteur de divers matériaux pédagogiques essentiels à l'enseignement du français, espagnol, allemand et anglais. Il enseigne cette méthodologie dans toute l'Amérique du Nord. Tous ses articles sont disponibles à Blaine Ray Workshops (voir p. *i*).

The Authors

Lisa Ray Turner is a prize-winning American novelist who writes in English. She teaches writing and music and is the sister of Blaine Ray. She lives in Littleton, Colorado.

Blaine Ray is the creator of the language teaching method known as TPR Storytelling and author of numerous materials for teaching French, Spanish, German and English. He gives workshops on the method throughout North America. All of his books, videos and materials are available from Blaine Ray Workshops (see page *i*).

DISTRIBUTORS
of Command Performance Language Institute Products

Sky Oaks Productions
P.O. Box 1102
Los Gatos, CA 95031
(408) 395-7600
Fax (408) 395-8440
TPRWorld@aol.com
www.tpr-world.com

Miller Educational Materials
P.O. Box 2428
Buena Park, CA 90621
(800) MEM 4 ESL
Free Fax (888) 462-0042
MillerEdu@aol.com
www.millereducational.com

Canadian Resources for ESL
15 Ravina Crescent
Toronto, Ontario
CANADA M4J 3L9
(416) 466-7875
Fax (416) 466-4383
thane.ladner@sympatico.ca
www.eslresources.com

Multi-Cultural Books & Videos
29280 Bermuda Lane
Southfield, MI 48076
(800) 567-2220
(248) 948-9999
Fax (248) 948-0030
service@multiculbv.com
www.multiculbv.com

Applause Learning Resources
85 Fernwood Lane
Roslyn, NY 11576-1431
(516) 365-1259
(800) APPLAUSE
Toll Free Fax
(877) 365-7484
applauselearning@aol.com
www.applauselearning.com

Independent Publishers
International (IPI)
Sunbridge Bldg. 2F
1-26-6 Yanagibashi,
Taito-ku, Tokyo,
JAPAN 111-0052
Tel: +81-(0)3-5825-3490
Fax: +81-(0)3-5825-3491
contact@indepub.com
www.indepub.com

Calliope Books
Route 3, Box 3395
Saylorsburg, PA 18353
Tel/Fax (610) 381-2587

Berty Segal, Inc.
1749 E. Eucalyptus St.
Brea, CA 92821
(714) 529-5359
Fax (714) 529-3882
bertytprsource@earthlink.net
www.tprsource.com

Entry Publishing & Consulting
P.O. Box 20277
New York, NY 10025
(212) 662-9703
Toll Free (888) 601-9860
Fax: (212) 662-0549
lyngla@earthlink.net

Sosnowski Language Resources
13774 Drake Ct.
Pine, CO 80470
(303) 838-0921
(800) 437-7161
Fax (303) 816-0634
orders@SosnowskiBooks.com
www.sosnowskibooks.com

International Book Centre
2391 Auburn Rd.
Shelby Township, MI 48317
(810) 879-8436
Fax (810) 254-7230
ibcbooks@ibcbooks.com
www.ibcbooks.com

Varsity Books
1850 M St., NW—Suite 1150
Washington, DC 20036-5803
(202) 667-3400
Fax (202) 332-5498
www.varsitybooks.com

SpeakWare
2836 Stephen Dr.
Richmond, CA 94803
(510) 222-2455
leds@speakware.com
www.speakware.com

Authors & Editors
10736 Jefferson Blvd. #104
Culver City, CA 90230
(310) 836-2014
authedit@comcast.net

Continental Book Co.
625 E. 70th Ave., Unit 5
Denver, CO 80229
(303) 289-1761
Fax (800) 279-1764
cbc@continentalbook.com
www.continentalbook.com

Alta Book Center
14 Adrian Court
Burlingame, CA 94010
(650) 692-1285
(800) ALTAESL
Fax (650) 692-4654
Fax (800) ALTAFAX
info@altaesl.com
www.altaesl.com

Midwest European
Publications
8124 North Ridgeway Ave.
Skokie, IL 60076
(847) 676-1596
Fax (800) 380-8919
Fax (847) 676-1195
info@mep-eli.com
www.mep-eli.com

BookLink
465 Broad Ave.
Leonia, NJ 07605
(201) 947-3471
Fax (201) 947-6321
booklink@intac.com
www.intac.com/~booklink

Carlex
P.O. Box 81786
Rochester, MI 48308-1786
(800) 526-3768
Fax (248) 852-7142
www.carlexonline.com

Continental Book Co.
80-00 Cooper Ave. #29
Glendale, NY 11385
(718) 326-0560
Fax (718) 326-4276
www.continentalbook.com

David English House
6F Seojung Bldg.
1308-14 Seocho 4 Dong
Seocho-dong
Seoul 137-074
KOREA
Tel (02)594-7625
Fax (02)591-7626
hkhwang1@chollian.net
www.eltkorea.co.kr

Tempo Bookstore
4905 Wisconsin Ave., N.W.
Washington, DC 20016
(202) 363-6683
Fax (202) 363-6686
Tempobookstore@usa.net

Delta Systems, Inc.
1400 Miller Parkway
McHenry, IL 60050
(815) 36-DELTA
(800) 323-8270
Fax (800) 909-9901
custsvc@delta-systems.com
www.delta-systems.com

Multi-Cultural Books & Videos
12033 St. Thomas Cres.
Tecumseh, ONT
CANADA N8N 3V6
(519) 735-3313
Fax (519) 735-5043
service@multiculbv.com
www.multiculbv.com

European Book Co.
925 Larkin St.
San Francisco, CA 94109
(415) 474-0626
Toll Free (877) 746-3666
info@europeanbook.com
www.europeanbook.com

Clarity Language Consultants
Ltd.
(Hong Kong and UK)
PO Box 163, Sai Kung,
HONG KONG
Tel (+852) 2791 1787
Fax (+852) 2791 6484
www.clarity.com.hk

World of Reading, Ltd.
P.O. Box 13092
Atlanta, GA 30324-0092
(404) 233-4042
(800) 729-3703
Fax (404) 237-5511
polyglot@wor.com
www.wor.com

Secondary Teachers' Store
3519 E. Ten Mile Rd.
Warren, MI 48091
(800) 783-5174
(586)756-1837
Fax (586)756-2016
www.marygibsonssecondary
teachersstore.com

Teacher's Discovery
2741 Paldan Dr.
Auburn Hills, MI 48326
(800) TEACHER
(248) 340-7210
Fax (248) 340-7212
www.teachersdiscovery.com